Bahia

de Todos os Santos e de quase todos os pecados

Gilberto Freyre

Bahia

de Todos os Santos e de quase todos os pecados

Ilustrações
Chris Mazzotta

São Paulo
2018
global
editora

1ª Edição, Global Editora, São Paulo 2018

Jefferson L. Alves - diretor editorial
Gustavo Henrique Tuna - editor assistente
Flávio Samuel - gerente de produção
Flavia Baggio - coordenadora editorial
Jefferson Campos - assistente de produção
Alice Camargo - revisão
Chris Mazzotta - ilustrações
Eduardo Okuno - projeto gráfico

Obra atualizada conforme o
NOVO ACORDO ORTOGRÁFICO DA LÍNGUA PORTUGUESA.

O poema que compõe este livro foi primeiramente publicado em edição da *Revista do Norte*, no Recife, em 1926. Posteriormente, ele fez parte da primeira edição de *Talvez poesia* (José Olympio, 1962), livro que reúne os versos de autoria do sociólogo pernambucano.

CIP – BRASIL. Catalogação na fonte
Sindicato Nacional dos Editores de Livros, RJ

F943b

Freyre, Gilberto, 1900-1987
Bahia de Todos os Santos: e de quase todos os pecados / Gilberto Freyre; ilustração Chris Mazzotta. - 1. ed. - São Paulo: Global, 2018.
32p.:il.

ISBN 978-85-260-2405-2

1. Poesia brasileira. I. Mazzotta, Chris. II. Título.

18-47375 CDD:869.91
CDU:821.134.3(81)-1

global editora e distribuidora ltda.
Rua Pirapitingui, 111 – Liberdade
CEP 01508-020 – São Paulo – SP
Tel.: (11) 3277-7999 – Fax: (11) 3277-8141
e-mail: global@globaleditora.com.br
www.globaleditora.com.br

Nº de Catálogo: **3838**

Bahia

de Todos os Santos e de
quase todos os pecados

Bahia de Todos os Santos (e de quase todos os pecados)

casas trepadas umas por cima das outras

casas, sobrados, igrejas, como gente se espremendo pra sair
num retrato de revista ou jornal

(vaidade das vaidades! diz o Eclesiastes)

igrejas gordas (as de Pernambuco são mais magras)

toda a Bahia é uma maternal cidade gorda

como se dos ventres empinados dos seus montes

dos quais saíram tantas cidades do Brasil

inda outras estivessem pra sair

ar mole oleoso

cheiro de comida

cheiro de incenso

cheiro de mulata

bafos quentes de sacristias e cozinhas

panelas fervendo

temperos ardendo

o Santíssimo Sacramento se elevando

mulheres parindo

cheiro de alfazema

remédios contra sífilis

letreiros como este:

Louvado seja Nosso Senhor Jesus Cristo

(Para sempre! Amém!)

automóveis a 30$ a hora
e um ford todo osso sobe qualquer ladeira
saltando pulando tilintando
pra depois escorrer sobre o asfalto novo
que branqueja como dentadura postiça em terra encarnada
(a terra encarnada de 1500)

gente da Bahia!

preta, parda, roxa, morena

cor dos bons jacarandás de engenho do Brasil

(madeira que cupim não rói)

eu detesto teus oradores, Bahia de Todos os Santos

teus ruisbarbosas, teus otaviosmangabeiras

mas gosto das tuas iaiás, tuas mulatas, teus angus

tabuleiros, flor de papel, candeeirinhos,

tudo à sombra das tuas igrejas

todas cheias de anjinhos bochechudos

sãojoões sãojosés meninozinhosdeus

e com senhoras gordas se confessando a frades mais magros
do que eu

O padre reprimido que há em mim
se exalta diante de ti Bahia
e perdoa tuas superstições
teu comércio de medidas de Nossa Senhora e de
Nossossenhores do Bonfim
e vê no ventre dos teus montes e das tuas mulheres
conservadores da fé uma vez entregue aos santos
multiplicadores de cidades cristãs e de criaturas de Deus

Bahia de Todos os Santos

Salvador

São Salvador

Bahia

Negras velhas da Bahia

vendendo mingau angu acarajé

Negras velhas de xale encarnado

peitos caídos

mães das mulatas mais belas dos Brasis

mulatas de gordo peito em bico como pra dar de mamar a
todos os meninos do Brasil.

Mulatas de mãos quase de anjos

mãos agradando ioiôs

criando grandes sinhôs quase iguais aos do Império

penteando iaiás

dando cafuné nas sinhás

enfeitando tabuleiros cabelos santos anjos

lavando o chão de Nosso Senhor do Bonfim

pés dançando nus nas chinelas sem meia

cabeções enfeitados de rendas

estrelas marinhas de prata

teteias de ouro

balangandãs

presentes de português

óleo de coco

azeite de dendê

Bahia

Salvador

São Salvador

Todos os Santos

Tomé de Sousa

Tomés de Sousa

padres, negros, caboclos

Mulatas quadrarunas octorunas

a Primeira Missa

os malês

índias nuas

vergonhas raspadas

candomblés santidades heresias sodomias

quase todos os pecados

ranger de camas de vento

corpos ardendo suando de gozo

Todos os Santos

missa das seis

comunhão

gênios de Sergipe

bacharéis de pince-nez

literatos que leem Menotti del Picchia e Mário Pinto Serva

mulatos de fala fina

muleques

capoeiras feiticeiras

chapéus do chile

Rua Chile

viva J. J. Seabra

morra J. J. Seabra

Bahia

Salvador

São Salvador

Todos os Santos

um dia voltarei com vagar ao teu seio moreno brasileiro

às tuas igrejas onde pregou Vieira moreno hoje cheias de frades ruivos e bons

aos teus tabuleiros escancarados em x (esse x é o futuro do Brasil)

a tuas casas a teus sobrados cheirando a incenso comida alfazema cacau.

Sobre a ilustradora

Arquivo pessoal

Chris Mazzotta, nascida em São Paulo, começou a dedicar-se às Artes Visuais ainda pequena, por intermédio do pai gravurista. Formou-se em Desenho Industrial, tendo trabalhado no *design* de joias e brinquedos. Em 2004, começou a frequentar a escola de ilustração de Sarmede, na Itália, e desde então dedica-se também a realizar ilustrações e estudar os processos criativos nas Artes Visuais. Criou a marca Metáfora Ilustrada para caracterizar suas atividades como *coach* e produtora de objetos de arte em prol da Descolonização dos Imaginários.

Sobre o autor

Fundação Gilberto Freyre

Gilberto Freyre nasceu no Recife (PE) em 1900 e faleceu em 1987. Escreveu *Casa-grande & senzala* (1933), livro fundamental para a compreensão dos meandros da formação da sociedade brasileira. Considerado um de nossos mais importantes pensadores, Freyre dedicou-se intensamente ao estudo da história e da cultura brasileiras, buscando entender os aspectos que formaram nossa identidade multifacetada. Recebeu ao longo de sua vida muitos prêmios e títulos, nacionais e do exterior. Lecionou em universidades europeias e norte-americanas e teve vários de seus livros traduzidos para diversos idiomas. Em sua vasta obra, formada principalmente por ensaios de enfoque histórico-sociológico, figura *Talvez poesia* (1962), do qual se extraiu o poema que integra este livro.